SILENCES STÉRILES

Épilogue de mes absences prolongées

Poésie

Cédric-Merlan BONTEPA MOUNTEMBE

SILENCES STÉRILES

Épilogue de mes absences prolongées

Poésie

Préface de Julien MAKAYA NDZOUNDOU

En mémoire de mon frère ***Carel Tristan NTSEKETH MOUNTEMBE***

Même la mort ne pourra nous séparer de l'amour véritable de Dieu

Ce livre est édité par les éditions Kemet. Vous pouvez le commander en envoyant un mail à editionskemet@gmail.com

Vous pouvez aussi l'acheter sur les plateformes de vente en ligne.

B.P. 1275, Brazzaville,

République du Congo

editionskemet@gmail.com

www.editionskemet.com

ISBN : 9782493053244

PRÉFACE

Par Julien MAKAYA NDZOUNDOU

De l'antiquité au temps moderne, la poésie demeure le genre littéraire qui permet d'exprimer avec vibration, les sentiments, les émotions, les douleurs, les peines, les craintes, les joies, etc. Dans ce spicilège, l'auteur, Cédric-Merlan BONTEPA MOUNTEMBE extériorise de façon expressive ses affects. Ces émotions fortes qui du fond de ses entrailles, s'expriment à travers la plume qui devient, pour emprunter son propre vocabulaire, ***un exutoire,*** afin de mettre les mots sur ses émotions, ses sentiments et ses ressentiments.

C'est la thématique de l'amour au pluriel qui meuble les textes de Cédric-Merlan BONTEPA MOUNTEMBE. Vivre loin de l'être aimé, l'objet de sa convoitise affective et de son investissement libidinal, provoque une frustration, une sorte de castration affective qui peut être à l'origine d'une souffrance psychologique. L'auteur l'annonce dès les premières phrases : *« Je viens te parler de l'accumulation profonde de mes sentiments/Cette oppression enflammée qui détruit mon cœur/Je viens te parler de mes brûlures amoureuses/Qui ont rendu mon cœur et ma vie frêle ».* (« Frondeur de l'amour »). *Loin des yeux, près du cœur* affirme un dicton populaire. Mais la distance est source de souffrance, peut-on constater avec l'auteur.

De la turbulence de l'adolescence vers la stabilité de l'homme adulte, le jeune en quête et en conquête de la synapse amoureuse peut blesser des êtres chers. Ce recueil est aussi un canal qu'utilise l'auteur pour faire un mea-culpa à toutes les jeunes dames qu'il aurait blessées au cours des fugaces relations amoureuses antérieures. Cette démarche personnelle de l'auteur, démontre, à n'en point douter, que celui-ci incarne des valeurs morales. *« Parce que nous avons eu une histoire /Ce soir j'aimerais écrire vos mémoires/Nous avions vécu plusieurs passions/C'était beau ces sensations/Je suis plein de remords /Pour tout ce que je vous ai causé comme torts/Mais aujourd'hui j'ai tracé ma route /Avec vous c'était l'incertitude et le doute ».* *(«* À toutes celles que j'ai aimées »).

L'amour au sens de la génitalité en vue de la satisfaction libidinale, mais aussi, l'amour au sens de l'attachement affectif à sa mère. Rendre hommage à celle qui lui a donné la vie, mieux encore, à celle qui lui *ouvrit les yeux aux prodiges de la terre*, celle qui *gouverna* ses *premiers pas* comme l'avait dit en son temps Camara-Laye dans son célébrissime poème intitulé « ***À ma mère »***, l'auteur du présent recueil n'échappe pas à ce syndrome qui touche plusieurs poètes. Drôle de coïncidence ! Dans mon recueil de poèmes intitulé « ***Les morsures obscures »***, édité en 2021 aux éditions Kemet, je publiais un texte intitulé « Lettre à mère… ». C'est le titre que reprend ici Cédric-Merlan BONTEPA MOUNTEMBE, pour dire sa vénération, sa prière de dévotion à sa mère.

« Maman je recherche une vie salutaire/ Dans les mots que j'écris au milieu de la nuit/Avant toi je n'existe pas/Sans toi je passe à trépas/De ma vie maman tu es ma plus belle image/Maman de mon histoire tu es la plus belle page ».

Au-delà de l'amour, notre poète s'inscrit dans l'ère du temps, pour dire sa colère devant la mauvaise gouvernance de l'Afrique noire et de son pays. Il pointe du doigt, ce que Frantz Fanon avait dénoncé, plusieurs décennies avant la naissance de notre poète, dans « ***Les damnées de la terre*** ». « Lettre au Président », est un poème qui sonne la révolte d'une génération sacrifiée, loin de la providence. Une génération qui assiste impuissante à la déliquescence de l'Afrique, cette cathédrale en ruine, prise en otage par une caste de dirigeants sans vision prospective pour le développement de l'Afrique. Une Afrique qu'ils livrent à la bêtise et aux différents maux que dénonce avec véhémence Cédric-Merlan BONTEPA MOUNTEMBE. *« Monsieur le Président/Face au torrent de démagogie/Face à la diarrhée de gabegie/Devant votre inaction/Contre la corruption/ Je porte plainte/Sans crainte/Contre vos slogans/Ces mots arrogants/Qui zozotent le peuple/Victime de privations multiples ».* Le poète rejoint ici le musicien congolais surnommé Roga-Roga, qui, quelques années auparavant, avait publié une chanson portant le même titre ou presque, pour dénoncer les dérives morales communément désignées au Congo par le mot **ANTI-VALEURS.**

La mort est une réalité insondable qui terrorise l'humain. Quand on perd des êtres chers qui s'en vont vers l'éternité, cela provoque une blessure, un psycho traumatisme. Dans ce recueil qui, de toute évidence, est un ***exutoire*** des affects, l'auteur dit sa souffrance, son « mal-être » devant les deuils successifs au sein de sa famille. Ici, la poésie devient une forme de psychothérapie qui permet au poète de transfigurer la réalité douloureuse, de la mettre scène et de créer ce qu'il convient de nommer **l'esthétique de la douleur**, à la manière d'Aimé Césaire qui l'avait sublimée dans *Cahier d'un retour au pays natal.*

J'écris mon mal-être

Qui m'empêche d'être

La tristesse de mon Être

Quel est ce vent?

Qui emporte loin de moi

Les Êtres aimés

La mort et l'effroi

Toujours des mises en bière

Il faut un cœur de pierre

S'enivrer de drogue et de bières

Aller et retour aux cimetières

C'est dans la prière et dans sa dévotion à Dieu que Cédric-Merlan BONTEPA MOUNTEMBE trouve les ressources qui favorisent la résilience afin de poursuivre sa marche, de forger son destin, malgré les épreuves douloureuses de la vie. Ainsi « la prière » et l'invocation du *Christ-sauveur* meublent plusieurs textes de ce recueil.

Pour ma part, j'ai été très heureux de participer à l'introduction de ce spicilège de poèmes d'un lyrisme incontestable, d'une grande profondeur morale et philosophique, et qui interpelle et réveille la fibre humaniste enfouie en chacun de nous.

FRONDEUR DE L'AMOUR

Je viens te parler de l'accumulation profonde de mes sentiments

Cette oppression enflammée qui détruit mon cœur

Je viens te parler de mes brûlures amoureuses

Qui ont rendu mon cœur et ma vie frêles

Je viens te parler des repères lumineux de mes fantasmes

Qui ont laissé les fresques du mal dans ma vie.

Je viens te parler de mon indignation

Face à mes amours laconiques

Je viens te parler de mon cœur

Que l'amour a morcelé

Je viens te parler de mes blessures

Des séquestres de l'amour

Je viens te parler de mes torpeurs

Ma peur de vivre l'amour

Je viens te parler de mes histoires de cœur

Que l'amour a brisé

Je viens te parler de mes désirs timides

Que je cache sous mon sourire narquois

Je viens te parler de mes mensonges

De mes luttes intérieures

Je viens te parler de ma dissidence sentimentale

Que je cache dans ma pudeur amoureuse

Je viens te parler de mes absences prolongées
Et de mes voyages avec le temps
Je viens te parler de ma destinée
Qui sera sans amour, j'en suis persuadé.

COURRIER DU NORD

Congo, mon Congo lointain

C'est vers toi que je tourne mon regard ce matin

Vent du Nord souffle à ma mère mon message d'espérance.

Vent du Sud arrive aux oreilles de ma bien-aimée,

Pour lui raconter mon existence

Que derrière cette distance se cache une délivrance.

Le crocodile de Kinami a élu domicile dans la tanière du lion.

Attendant la pluie et se nourrissant de fourmilions.

MON HIRONDELLE

Mon Hirondelle, je mène une vie de yogi
Pour un jour te retrouver plus sain.
Les poètes sont des rêveurs,
Ils adorent la lumière,
Mon métier c'est écrire,
Mon cœur est un petit troquet d'amour.

Je regarde tes statuts nerveusement
Et je te vois t'éloigner de mon ombre
Est-ce la traversée du désert?
Tu sais, il n'y a pas de printemps sans hirondelle
À la proche du printemps, je te vois convoler
En justes noces avec l'incertitude
Et mes absences prolongées.
Ici il y a le froid et la poussière,
Mais il y a aussi l'océan qui me fait penser à toi
Ils aiment les leurres et les mensonges,
Ils adorent les histoires pour la jouissance de leur curiosité vénale

J'ADORE

J'adore tes jambes interminables
Que tu couvres sous ta jupe rouge
J'adore ton regard blanc
L'expression du mot je t'aime.
J'adore le bruit de ton silence
Qui me rappelle tes longues absences
J'adore la ville de Yaoundé
Quand c'est toi qui m'y conduit
J'adore Brazzaville
Parce que je te reverrais
J'adore Dakar la mégapole
Parce que je vais te rencontrer
J'adore ailleurs, là-bas
Parce que tu m'y attends
J'adore te magnifier
Parce que je sais que tu n'as d'yeux que pour moi
Et qu'ici, là-bas ou ailleurs
L'amour est incolore et indolore.

LA MER

J'aimerais dompter la mer
Pour voguer jour et nuit
Vers le port où m'attend ma mère
Hier vers minuit

J'ai fait un rêve étrange
D'une amie lointaine
Une amie au visage d'ange
Qui m'attendait au bord d'une fontaine

RIRE

La galère fait halluciner
Même le poète voit des mirages
Il rêve d'une dulcinée
C'est rien que de vaines images.
Qui rappellent que le voyage de la mer
Est amère sans nouvelle de sa mère.

JE PENSE

Je pense que je suis Magellan
Parce que pour toi je fais le tour du monde
Je pense que je suis plus que merlan
Parce que moi je voyage comme une sonde
Pour explorer l'espace de ton cœur
Tu sais j'ai tes sentiments en orbite
Et ça me serre le cœur
De ne pas savoir dans quelle maison tu habites

MON FILS

Tu es arrivé à l'aurore boréal
Mon petit bout, mon auréole
Je te promets l'amour à l'éternité
J'aurais voulu accompagner
Ta mère à la maternité
Quand elle t'a enfanté
Au téléphone tes pleurs j'ai écouté
Comme une cloche qui a sonné
Du tintement de la voix
Ô Dieu je trouve ma voie !
Celle qui me ramène à toi
Celle qui ravive ma foi

LA PRIÈRE

Cette vie me persécute
Et je ne cesse de prier
La loi de Dieu j'exécute
Avec Dieu je vais briller

La prière t'éloigne du tombeau
Avec elle je suis un flambeau
Loin de moi l'iniquité
Le diable m'a déjà quitté

Le christ m'a acquitté
Et m'a oint d'ubiquité...
Mon Dieu, mon espérance
Avec lui j'ai l'assurance

Sa parole est ma délivrance
En christ il n'a pas de souffrance.
Il a promis la prospérité
À moi et à ma postérité

SILENCES STÉRILES

Quelle que soit l'austérité
J'abonde et c'est la vérité
La prière en toute témérité
Et Dieu fera sa volonté

L'AMI EST CONSTANT

Le vrai ami est éternel
Le vrai ami est un repère
Le vrai ami est fraternel
Le vrai ami est un frère

Celui qui t'encourage
Et te donne les indices
C'est lui ton entourage
Qui écoute tes supplices

Toujours persévérant
C'est lui ton complice
Nombreux sont dans la malice
Il y a peu d'amis constants

Beaucoup changent d'habitude
Quand ils montent en altitude.
L'amitié est mère de l'amour
C'est l'évidence de tous les jours

SILENCES STÉRILES

Un jour j'ai emprunté cette route
J'ai slalomé dans la spirale de l'amour
On s'est aimé avec humour
Et aujourd'hui on se regarde avec glamour

INTROSPECTION !

Je me décris
Petit-fils de pêcheur
Qui adore la prose
Né au mois de Mai
Dans le silence de la nuit
Où le monde dormait
Une heure après minuit
Merlan est le prénom
Qui m'associe à l'eau
Bontepa est le nom
Qui m'associe à la terre

MAL-ÊTRE

Voici ma lettre
J'écris mon mal-être
Qui m'empêche d'être
La tristesse de mon Être
Quel est ce vent?
Qui emporte loin de moi
Les Êtres aimés
La mort et l'effroi
Toujours des mises en bière
Il faut un cœur de pierre
S'enivrer de drogue et de bières
Aller et retour aux cimetières

Ô madame la mort !
Comprend mon mal-être
Épargne mon Être
De la tristesse
Et de la détresse
Marre de voir les linceuls
N'as-tu pas de pitié ?
Pour la veuve et l'orphelin

Je t'aurai vaincue

Quand mes larmes

Seront des armes

Je te brulerais dans les flammes.

Pour que tu paies les âmes

Des miens partis si tôt

Ô Dieu miséricordieux

Je sais que ce n'est pas un adieu.

Parce que mort en christ

Nous nous retrouverons un jour

La lettre de mon mal-être

LE SOLITAIRE

Qui est cette alliée
Qui rejoindrait mes rêves
Avec qui je pourrais aller
Combattre sans trêve

Le silence de l'absence
Des miens qui partent sans dire mot
Ceux-là dont l'innocence
Transcende mes maux

À force de pleurer
Mon visage s'est dépeint
À force d'errer
Mon sourire s'est éteint

Et si la mappemonde
Est mi bonheur, mi malheur
Quel sera mon monde ?
Celui du malheur ou du bonheur?

Ô ma peine est intense !
Corbillard toi qui emmènes
Avec toi ma pénitence
Que la mort promène
Tel un trophée vers les cimetières.
Injustement mes espoirs tombent en lambeaux
À la vue des tombeaux
Des miens qui partent si tôt

Je me souviens de mon enfance
C'était une paisible vie
Il n'y avait pas cette souffrance
Réminiscence de cette vie

L'écriture est mon exutoire
Dans cette acariâtre vie
Et je garde espoir
La prière une thérapie

MONSIEUR LE PRÉSIDENT

Monsieur le Président
Face au torrent de démagogie
Face à la diarrhée de gabegie
Devant votre inaction
Contre la corruption

Je porte plainte
Sans crainte
Contre vos slogans
Ces mots arrogants
Qui zozotent le peuple
Victime de privations multiples

Hier j'avais espéré
Que mon chemin serait avenir
Et quand j'ai eu des doutes
Vous m'avez dit de continuer ma route
De marcher, de marcher encore
Aujourd'hui cette marche devient record

Depuis que je marche
Tout est mascarade
D'un regard pusillanime
Je regarde le pays qui s'abîme

Monsieur le Président
Ici on m'appelle Niak
Pas parce que je me soule au Cognac
Mais parce que je suis étranger
Loin de mon pays natal
Ma présence fait déranger
Revenir est une dose létale
Qui mettrait fin à mes jours.

Monsieur le Président
Chez nous la mort est psychologique
La retraite engendre le stress
Le diplôme conduit au calvaire
L'AVC[1] toujours redouté
Les hôpitaux toujours délabrés

---

[1] Accident vasculaire cérébral.

SILENCES STÉRILES

Le syndrome de Stockholm du peuple
Altère votre jugement
Changez, monsieur le Président
Car ceux qui naitront vous jugeront

Cessez d'être un chef de clan
Voyez les choses en grand
Vous admiriez Mandala
Soyez un grand homme d'État

À TOUTES CELLES QUE J'AI AIMÉES

Parce que nous avons eu une histoire
Ce soir j'aimerais écrire vos mémoires
Nous avions vécu plusieurs passions
C'était beau ces sensations

Je suis plein de remords
Pour tout ce que je vous ai causé comme torts
Mais aujourd'hui j'ai tracé ma route
Avec vous c'était l'incertitude et le doute

J'ai trouvé celle pour qui j'escaladerai l'Everest
C'est elle ma lumière céleste
Elle a racolé mon cœur que vous avez laissé en morceaux
Elle m'a lavé et scellé de son sceau.

Elle n'a pas vu mes défauts,
Elle aime m'écouter même si je chante faux
C'est mon rêve accordez-le moi
Depuis qu'elle est je suis à court d'émoi

Elle adore mes mots
Grâce à elle je n'ai plus de maux
Elle a de la beauté et du charme
J'adore son sourire et son calme

BILEYI YA MOTEMA (1)

Banda okenda makanisi Elia ngaï motema
Na koma lobaka lisusu té Pô na zanga pema
Souci eliya ngaï dzoto
Olimoua lokola minzoto
Pindzoli ezipi elongui na mawa
Na tali na lininisa soki ozali koyaka awa
Nioso pamba bolinguo na ngaï ezimisami
Atako bileko mileki nazangui pobemi
Milendé na ngaï efuti té
Na lelaka yo ngaï mwana ma thethé
Nazangui nguya lokola libanki liboso ya soso
Pindzoli etondzi ngaï na miso
Moto na linga akenda, bolingo ezanga limtomba
Nazangui ntina lokola mwasi ya ndumba.

JE CROIS QUE JE SUIS AMOUREUX

J'ai le syndrome de l'amour mon cœur est douloureux

Quel est ce plaisir subtil

Qui rend nos deux cœurs sextils

Il faudrait que je m'exprime

Même si mon ex prime

C'est une mégère diabolique

Qui m'a rendu alcoolique

Rire

Toi tu marques la différence

Je veux faire de toi ma référence

Tu sais je te suivrais jusqu'au Gabon

Pour que tu dises le gars est bon

Parait-il que tu es du Cameroun

Je te préviens je ne suis pas Tazieff Haroun

M'aimer comporte des risques

Comme la traversée des voies de Rufisque.

Je suis un homme imprévisible

Avec un cœur hypersensible

Rire

Oublie les câlins

Mon amour est alcalin

Je ne sais pas dire au revoir,
Quand c'est à toi que c'est destiné
J'aimerais tellement te revoir.
Je pense que c'est déjà prédestiné
Au bord de ce majestueux fleuve
Nous venons d'écrire une page de notre histoire,
Nos sourires et nos regards sont des preuves
Qui donneront de beaux souvenirs à nos mémoires.
Et si je reviens demain
J'aimerais bien recommencer
Cette fois-ci je te tiendrai la main.
Et je pourrais me prononcer,
Sur nous et l'avenir.
Si je pouvais être comme Josué j'allais arrêter le temps.
Le temps de te dire que j'apprécie ta compagnie

JE NE DORS PAS

J'aimerais tellement avoir sommeil
Je suis insomniaque et ça me prend de l'ampleur
Ça fait des jours que je suis en éveil
Je pense je pense je ris et je pleure
J'ai des idées érectiles
J'écris des textes toutes les nuits
Comme un marchand de rêve mercantile
Le sommeil m'ennuie
Il fait bougrement chaud dans ma tête.
Entre les mots et les maux
J'écris, j'écris des textes
Qui parlent des mots de mes maux
Tiens ! Nous sommes un lundi de pâques
Je me sens isolé
Ma vision est opaque
L'insomnie m'a déboussolé
Je ne dors pas

Le 5 Avril 2021

MAMOUNE

Je ne suis pas doué pour le bonheur

Mais je suis doué pour comprendre la vie

On dit que la vie appartient à ceux qui se réveillent de bonne heure

C'est une vérité pas besoin d'avoir mon avis.

Parle-moi comme un enfant

C'est le langage des bambins qui me convient

Tu ne me connais pas je ne suis qu'un enfant

Pour me comprendre il faut savoir d'où je viens

Ma vie mes combats

Demande à ma mère elle sait combien je me bats

Ce que tu sais de moi c'est une moitié de moi

Reste prêt de ta télévision

Peut-être demain

Il y aura mon histoire en télédiffusion

Je regarde toujours vers l'aéroport

Peut-être un jour tu reviendras

Tu sais en attendant ton retour je fais du sport

CHER OUSMANE GAYE

J'ai lu ta lettre sur la femme et je me permets de te répondre.

« Les femmes ne font que dramatiser

Je fais partie du temple céleste »

Et rien ne peut m'hypnotiser

Quand une femme part, pas besoin que tu la détestes

« L'amour est une illusion

Qui apporte une cohorte de rancœurs

Ce soir j'ai une vision

Une vision profonde du cœur

Qui sonne le glas d'espoir

Demain sera meilleur

Que je sache j'ai tout donné »

Là-bas ou ailleurs

Il faut pardonner

Elles adorent nos mots

Rire... nos mots chiffrés

Je te jure offre lui mille milliards de mille sabords

Elle sera d'accord

FANTASME TEXTUEL

Ce temps d'isolement
Me donne des envies textuelles
Je me lance dans une poésie impudique
Avec des poèmes textuellement transmissibles,
Mon cerceau est en érection
J'écris des vers virils
Je me masturbe la pensée
Pour une jouissance poétique
J'assouvis mes désirs textuels
Par cette luxure poétique.
La poésie me fait bander
Je suis un pervers poétique.

LETTRE À MA MÈRE

Maman la route de la maison est loin derrière
J'ai filtré mes mots
Pour t'écrire ce poème limpide
Maman j'ai écrit un livre
Qui ne parle de rien
J'ai écrit un poème qui parle de toi
Maman je recherche une vie salutaire
Dans les mots que j'écris au milieu de la nuit.

Avant toi je n'existe pas
Sans toi je passe à trépas
De ma vie maman tu es ma plus belle image
Maman de mon histoire tu es la plus belle page

Moi ton fils pénultième
Résultat de ton amour inconditionnel
Je suis arrivé quatrième
Avec un accueil sensationnel

Maman avec mon âme d'enfant
Je t'écris cette lettre d'amour
Qui te rappelle ma reconnaissance
Je suis fier d'être ton fils
Toi qui neuf mois m'a porté
Tu as l'exclusivité de mon amour
Maman Thérèse ma coordonnatrice
Fils de l'Ogooué et de l'atlantique.

SUR LES TRACES DE L'AMOUR

Ton silence est une conspiration amoureuse
Toi ma route lumineuse
Qui me donne la cécité sentimentale
Tes absences brisent mon mental
Ton silence insulte mon intelligence
Je te demande plus d'indulgence
Tu deviens plus individuel
Nos cœurs sont-ils en duel?

Depuis j'attends la constellation
Qui m'apportera la consolation
Je regarde le firmament
Pour te revoir un moment
Toi ma splendeur stellaire
Que j'ai rencontrée sur le banc scolaire.
Je n'ai plus que ta mensuration
Et je te cherche avec détermination
Je ne me souviens plus de ton visage
Alors je t'écris ce poème au passage
Je te laisse mes repères
Pour qu'un jour tu me récupères.

J'ai planté les indices

Aux pieds d'une plante à spadice.

Viendras-tu sur les traces de notre amour ?

Le 8 Septembre 2021 2h53

CAMARADE

Que de cette union endormie
Je reviens te dire chère amie
Mon regret et ma souffrance
Qui me laissent dans l'insolence
Dans tes rêves, belle amie
Tu m'évites comme un ennemi
Pourras-tu un jour m'aimer ?
Je ne veux pas chômer
De cet amour endormi
Dans tes rêves je vis belle amie.
Accroché à ton cœur comme une tourterelle.
Arrête de partir et revenir comme une hirondelle

QUAND ON AIME LA VIE

Quand on aime la vie
On ne se décourage pas
Même si le malheur sévit
On avance sur ses pas
Il y a plein d'alpageur
Qui tenteront de t'arrêter
Courage, avance avec rigueur
Ton bonheur sera mérité

Quand on aime la vie
Il faut être déterminé
Même si la misère t'asservit
Lève-toi sois obstiné
Apprends de tes erreurs
N'aie pas l'esprit vadrouillé
Efface de ton esprit les peurs
Toutes inquiétudes et idée rouillée

Quand on aime la vie
L'échec est un mot sans ambition
Qui ne donne pas de préavis

Pour l'éviter il faut faire attention.
Lève-toi et bats-toi
Ne vis pas dans la torpeur
Sois calme reste courtois
En face il n’y a rien c'est un leurre

LA MÉCANICIENNE

Elle attire comme le rotor
Elle est la commutatrice de ma peine en joie
Son regard apaise mes remords
Sa beauté me laisse sans voix
Ses mains imbibées d'huile-moteur
Témoignent de sa vie de femme différente
Elle répare les cœurs

L'ÉGÉRIE DU MAL

L'homme est sadique
Grand promoteur de la médiocrité
Il dirige avec les pouvoirs maléfiques
Le peuple vit dans la promiscuité
Apôtre du népotisme,
Il confisque nos richesses
Le peuple est traumatisé par son fétichisme
Il n'arrête pas malgré sa vieillesse

C'est un grand seigneur de guerre
Qui a plongé le peuple dans la misère
Depuis les tribus sont en guéguerre
Pour un rien, pour une lisière
Il a une vision fugitive
Qui tarit notre héritage commun
Il est d'une force négative
Il tue même les humains

Il aime le culte de sa personne
Il dit être le grand bâtisseur
Tout le monde sait qu'il commence puis abandonne
Ces chantiers de la république trouveront-il un finisseur ?
Partout rien n'est achevé
Des sommes pharaoniques
Pour des tours inachevées
Nous avons droit à des discours platoniques.

Il aime être chanté en chœur
Et dire être notre sureté
Et pourtant il nomme des gens sans mœurs
Qui troublent notre sécurité
Le pays se trouve endetté
Le peuple appelle au secours
Et rien ne peut l'embêter
Puisque tous les grands de ce monde l'invitent dans leurs cours.

SILENCES STÉRILES

C'est un homme sanguinaire
Qui traque même pour un rêve
C'est un malade, un homme bipolaire
Qui rétorque avec violence les grèves
Il achète les opposants
Et arrête les récalcitrants
Avec un régime imposant
Le peuple est inexistant.

MON ATARAXIE

Je te laisse cette lettre d'abonnement à mon cœur
Mon amour par procuration
Je te chante cette romance en chœur
Pour te montrer mon affection.
Sur les dos des vagues de l'atlantique
Je t'envoie ma plus belle déclaration
J'ai écrit avec un cœur romantique
Les poèmes de Maha avec ma reformulation.
Tu as brisés mes silences stériles
En t'offrant à moi comme une pucelle
Et je te remercie avec cette poésie virile
Qui de cette vie nous scelle.

UN POÈME POUR UN JEUNE ET UNE TOMBE POUR UN POLITICIEN

Aujourd'hui j'ai ouvert mes yeux
Je ne marcherais plus pour eux
Ils ont enculé mes ambitions
Mon avenir est en hibernation
Alors que mon frère saigne
Eux consolident leurs règnes
Écrivez un poème pour le jeune
Donnez-lui un vers pour qu'il déjeune
Mettez le politicien dans la tombe
C'est à cause de lui que le pays est une hécatombe.
Je suis la sentinelle de la vérité
Je suis le peuple, je suis l'autorité
Écrivez un poème pour le jeune
Donnez-lui un vers pour qu'il déjeune
Mettez le politicien dans la tombe
C'est à cause de lui que je dors sous les bombes,
Je suis la fierté de demain
Ce pays sera construit de mes mains
Ils ont confiné mes aspirations
Avec leurs politiques de conspirations.

Écrivez un poème pour le jeune
Donnez-lui un vers pour qu'il déjeune
Aux jeunes les mots
Aux politiques les maux

MARECHAL DE LOGIS

Quand les gens parlent d'arme

Je pense à toi mon gendarme

Pourras-tu revenir à la vie mon frère ?

Toi qui as rendu notre mère fière

Ton départ est attristant

Reviens mon frère Tristan

Mon Maréchal de logis

La tombe n'est pas ton logis

Nous étions les cinq doigts de la main

Sans toi que sera demain?

Je te vois fier dans ta tenue de Militaire

Aujourd'hui sans toi j'ai des tendances suicidaires

Comment la mort est-elle si cruelle?

Depuis ton départ j'ai le mal de la maison et de notre ruelle.

C'EST MON HISTOIRE

C'est mon histoire
Qui rappelle mes mémoires
Les épopées de ma belle enfance
Loin des problèmes, dans l'insouciance
Le temps où l'avenir avait l'espoir
Aujourd'hui encore je continue à croire
Le regard tourné vers l'horizon
Je pense à la vie et à la raison
Que le bonheur est une image de carte postale
J'aimerais avoir la douceur de pétales
Qui me rappelle mon enfance
Qui me rappelle mon innocence
C'est mon histoire
Qui me rappelle mes mémoires
Qui me rappelle l'histoire des gens de mon sang
Qui me rappelle les gens de mon rang.

ON VEUT CROIRE

On veut croire à toi mère-patrie
Durcir notre cœur que la guerre a pétri
Loin de toi Congo, loin de ma maison
On veut croire que le bonheur est à l'horizon
On veut croire pour avancer
On veut croire et tout recommencer
Nous nous inspirerons du Rwanda
On veut croire être plus que le wakanda
On veut croire à la révolution intellectuelle
On veut croire à une paix perpétuelle

J'irais briser l'héritage de la honte
Que ce pays nous a largué
Nous sommes tous des déserteurs
Des exilés circonstanciés
Les jeunes de ma génération s'envolent tous
Notre conscience est tendue
Avec les injustices dans le pays
La pénombre du mal règne
L'avenir est emprisonné
La nation est fracturée

Dans un pays où la paix est facturée
Au prix du sang et des menaces
Il n'y a plus de valeur républicaine
Ce pays nous déçoit.

CASTING DES MOTS

Pour ce monde et à venir
J'aimerais choisir mon avenir
À travers le casting des mots
Comme ça je n'aurais pas de maux.
Mon premier mot sera la vie
La vie est ce qui me fait être
Vivre pour un jour disparaitre
La vie arrive avec la mort
Et la mort avec les remords
Mon deuxième mot sera bonheur
Chez certains il arrive de bonne heure
Il est sœur du malheur
Ne lis pas mal l'heure
Parce qu'une des sœurs te fera une visite.
Personne ne leur résiste
Mon troisième mot sera l'amour
Ah l'amour quel humour !
Ce mot m'étonne!
Je t'aime pourvu que ça fonctionne ;
Pause.
Le temps de comprendre l'amour.

FERME LES YEUX

Oublie les choses passées
Le temps d'une nuit
Ferme les yeux
Oublie cette vie fracassée
Le passé me nuit
Penses-tu toujours à nous deux ?
Tu as troqué nos souvenirs
Contre une promesse de bonheur
Sans penser à notre avenir
Chacun attend sa bonne heure
Ferme les yeux
Souviens-toi de notre histoire
On était bien à deux
Est tu sûre de ce choix
Est-ce par amour ?
Crois-tu à ses promesses ?
Fera-t-il ta joie?
A-t-il le sens de l'humour ?
A-t-il de la tendresse ?
Ferme les yeux
Reviens-moi

Mon cœur est encore ouvert
Demande à Dieu
Combien tu comptes pour moi

MON ÉPISTOLAIRE

Je t'écris cette lettre-moi ton beau poète
De Dakar où j'ai ta photo sous ma couette.
Mon amour ma jolie chouette
Cette photo est le seul souvenir qui me reste
Cette lettre est la dernière de cette relation épistolaire.
Depuis des mois je suis bien solitaire
Chaque bêtise a son salaire.
De la déception je suis prolétaire.
J'espère que tu pourras lire ma lettre
Et tu verras mon mal-être
Sans toi j'ai du mal à être

PERVERSIONS CONDENSÉES

Viens parler de nos sentiments camouflés
Qui ornent ton cœur de fritillaire impériale
Viens parler de nos nuits essoufflées
A déguster notre union maritale
Viens parler de mes caresses effrénées
Qui tonifient ton périnée
Viens parler de nos flux libidaires
Affluents de nos désirs solidaires.
Viens parler de mes sécrétions lactées
Résultats de nos amours actés.
Viens poser tes lèvres charnues
Sur ma tête et mon corps nu.

Quel est le remède de la paix ?
Quel régime curatif pour ce pays ?
Qui apportera la paix?
J'ai ausculté mon pays
Les cris du peuple s'amplifient
Pas besoin de stéthoscope pour l'entendre.
La misère gangrène le pays.
Pas besoin de microscopie
Pour voir le mal de ce pays.
Notre économie est fébrile
Ce pays est en fibrillation
Placé sous oxygène des créanciers
Quel est le vaccin de la corruption?
Pour lutter contre l'asepsie politicienne
Qui infecte notre développement.
Le peuple souffre d'apraxie.
Notre hémorragie est interne.
Le tribalisme tue ce pays
La fracture est profonde
Notre douleur est maligne

MON DERNIER POÈME

C'est le dernier de l'histoire
Celui qui révèle mon identité
Je l'écrit comme un mal aimé
Qui raconte aux mondes ses mémoires
Que la poésie et moi nous sommes une même entité
C'est ma compagne ma bien aimée
Grâce à la poésie, j'ai trouvé mon exutoire
Je pars mais notre amour est pour l'éternité
C'est fini, je m'exile comme bohème
Je pars, je laisse les mots sans moratoire
Cette histoire a commencé à la maternité
C'est la fin, la fin de notre tandem.

LA PHARMACIENNE

J'aimerais que dans ton officine

Tu me concoctes un antalgique

Contre la douleur de mes sentiments avortés

Ton absence est une intoxication fongique

Qui m'empêche de voir les choses avec logique,

Je suis anuptaphobe depuis que j'ai manqué tes sentiments.

Mes mots sont bénins pour expliquer ma douleur aiguë.

Je suis chronique à nos souvenirs

Surtout quand je sais qu'entre nous c'est une histoire en devenir

ITEMS DU BONHEUR

Le bonheur est une interrogation
Un mot plein d'exclamations
C'est quoi le bonheur ?
Est-ce l'absence du malheur ?
C'est une question difficile
Parce que le bonheur n'est pas facile

FUNERAILLES

Écoute ! – une femme pleurer les larmes de son corps.

– le son de sa voix produit de beaux accords.

La mort, sournoise et cruelle, a traqué son époux.

– la sirène du corbillard, musique des Morguiers ripoux.

Que nul ne tourmente, marchande les services funéraires

– le chant de sa veillée mortuaire.

Cours ! Dans mon jardin de myrte

Toi ma floraison parfumée

Rare, qui pousse dans les dunes de syrte

Je viens parler de ta jouissance embaumée

Qui allume mes vers telle une chandelle,

Mademoiselle ! Mon bonheur brodé

Que je couds sur mon cœur en dentelle

Viens ! Qu'amour et louange

Prophylaxie de mes déceptions

Oh ! Que personne ne dérange.

RIEN ET TOUT…

Douce amie
Gracieuse dame
Ivresse de ma raison
Tendresse de mes nuits
De ce charme naissant
Le beau sourire
Oh chérie !
Crois-tu au destin ?
Admirablement belle
Reçois ce poème audacieux
Ecris pour l'éternité
Bonne mère
Femme vertueuse
Fidèle amie
Compagne d'œuvre
Préférée de Dieu
Jolie fleur
Parfum exotique.

JE VIENS D'AFRIQUE

Je viens d'Afrique
Pas de Zamunda
L'Afrique l'authentique
Pas le Wakanda
Je viens de Goma
Joaillerie du monde
Où la paix est dans le coma
Pendant que la téléphonie abonde.
Je viens d'Afrique
Pas Lampedusa
Où la richesse se trafique
Oublié comme Stresa
Je viens D'Afrique
Pas des caraïbes
Où tout est politique
Même les scribes
Je viens d'Afrique
Ce beau continent noir
A la taille d'un éléphant
C'est mon manoir
Continent de mes rêves d'enfant.

SILENCES STÉRILES

Je viens D'Afrique
Très loin à Zanaga
Village fantastique
Comme les flots de la Sanaga.
Je viens d'Afrique
Je suis de Gorée
Ville mythique
Où l'Afrique arrive à orée.
Je viens d'Afrique
De Benghazi
Sous les décombres de la guerre
Que personne ne filme, même pas un paparazzi

POÈME PAPILLONNE

Je ne veux rien dire
Sans règles j'écris
Ce poème pour contredire
Je ne parle pas, je crie
Et je m'invente des poèmes
Pour croire que je suis poète
Je suis un bohème
Oracle des mots, un prophète.
C'est juste un leurre
Pour semer le doute
Que je meure
Sur cette route
Lors d'une balade poétique
Asphyxié par la prose
Rire, c'est une polémique

LE PROFESSEUR EST MORT

Il est mort aujourd'hui
Le professeur est parti
Le censuré de l'histoire
Est tombé du corona
Le palmier est tombé
Le professeur est parti
Loin de son Congo natal.
Je n'arrive plus à écrire....

LAISSER MOI PLEURER MON FRÈRE

Reviens mon frère
Toi mon ami
Reviens mon frère
C'est injuste
Pas toi mon grand
La mort est cruelle
Fichu mois d'avril
Tu m'as eu
Reviens Yaya
Carel c'est trop dur
Viens sécher mes larmes
Mon espoir est en cendres.
C'est un vrai calvaire
Oh mon Dieu !
C'est trop dur
Je me trouve à mendier le sourire
Depuis que tu n'es plus
Je te pleure
Ma blessure est profonde
Je ne comprends pas la mort
Quand il s'agit de toi.

SILENCES STÉRILES

« Prie ça va aller, ça se passe dans la tête »
Les derniers mots que nous avons échangés
Résonnent encore dans ma tête
Tu m'as beaucoup appris
Mais le temps que j'ai compris
Tu étais parti
Sans un mot dans un silence stérile
Ton cri silencieux est assourdissant.
Reviens mon grand
Que t'ai-je fait ?
Pourquoi tu me laisses sans mot.
Même pas un testament visuel.
Qui combattra pour moi?
Qui a eu raison sur toi?
Qui me prive de toi?
C'est très triste
De voir mon cœur gelé
Par la froidure de ton absence.
Mon cœur souffre
J'ai perdu un ami
Depuis mes espoirs sont suspendus

Il n'y a pas le chiffre quatre sans trois.

Toi, le plus bel accomplissement de ma mère.

Oh c'est trop dur !

CHEZ MOI EN AFRIQUE

Je t'emmène chez moi en Afrique
Dans le froid parfumée de Dschang
Dans la petite Afrique au pays Bamiléké
Sur la terre de l'« homme vrai », le fang
Je t'emmène aux plateaux Batéké
Manger les chenilles au koko
C'est un vrai délice
Spécialités des héritiers de Makoko
Nous ne sommes pas un peuple de supplice
Viens visiter le rocher d'Afrique, Matadi
Porte d'entrée du Congo Atlantique
Fleuve qui traverse l'Afrique au midi.
Viens je t'emmène au Mozambique,
Visiter mes frères Makondés, les nerveux
Viens je t'emmène où tu veux
De l'Est à l'Ouest, mon Afrique
Naviguer sur le Niger ou le Nil
L'Afrique est riche et antique
Viens manger le Tchiep ou le Mil.
Du Nord au Sud, mon Afrique
Aux bâtiments blancs de Tanger

L'Afrique est fantastique
L'Afrique ce n'est pas pays de tout danger
Viens en Afrique, viens à Touba
Terre sacrée, merci à nos Sérignes
Gardien sacré de notre identité
Il y a les marabouts pas besoin de le dire tout bas
C'est mon Afrique j'en suis digne

À JULIEN MAKAYA

Je réponds à *L'appel du Kilimandjaro*[2]
Jeune indigné, je suis debout
Je refuse d'être un opprimé
Au nom de mes ancêtres, je me lève
Au *Son de la révolution*[3], je marche
Comme un vaillant soldat

Mollah censeur de mon parchemin
Dis-moi, ai-je trouvé mon chemin ?
La peur n'est pas mon sabre
Le courage reste mon arme
Debout je me bats contre l'oligarchie
Cette gouvernance par l'anarchie

---

[2] Poème éponyme du recueil de Julien Makaya, publié en 2021 aux éditions KEMET.
[3] Poème contenu dans le même recueil.

Je réponds à ton appel
J'arrête avec la pagaille
Je suis prêt pour la bataille
Pour combattre la racaille
La providence est à venir
La dignité est à rétablir

Gouverner par l'épée, je récuse
Diriger par la terreur, je refuse
L'ethnocentrisme, j'accuse
L'élite corrompue, profuse

EDO

Mon ami dans la foi
Mon frère dans le sang
Force à toi, bien aimé
La route est longue
Je crois en toi
Tu sais Dieu est amour
Bats-toi mon frère
Citoyens des cieux
Reste loin de toute contamination
Je t'aime petit-frère
Trouve dans mes silences stériles
La consolation de toutes tes blessures
Papa, Mémé et Yaya sont des constellations
Qui intercèdent dans le silence de la mort
Notre arrivée auprès des aïeux.
Je n'ai ni ta force ni ton courage
Je sais que tu pleures en silence.

FIERTÉ

Quand je reviendrais maman
Tu seras fière de moi
Ici je me couche tard
Le travail et l'écriture
Mon quotidien
Je travaille pour elle
J'écris pour toi
Ma maman.
Je suis ton espoir lumineux
Tu es ma source d'inspiration
La raison de ma poésie
La ponctuation de mes vers.

TABLE DES MATIÈRES

www.ingramcontent.com/pod-product-compliance
Lightning Source LLC
LaVergne TN
LVHW091122150826
845673LV00002B/939
* 9 7 8 2 4 9 3 0 5 3 2 4 4 *